AF468048

DISCOURS

Prononcés à la Commune de Paris, & à M. le Doyen du Chapitre de Notre-Dame,

Par M. BARBEY,

AUMONIER DES CHEVALIERS DE L'ARC.

DISCOURS

PRONONCÉ

A LA COMMUNE DE PARIS,

En apportant un Drapeau que l'on alloit déposer aux voûtes de l'Eglise Cathédrale de Notre-Dame à Paris, le lundi 21 Juin 1790;

Par M. BARBEY, Prêtre, Licencié ès-Loix, Chanoine du Saint-Sépulcre de Paris, & Aumônier des CHEVALIERS DE L'ARC établis en la Jurisdiction de Montmartre en 1748, y faisant le service militaire avec cette Commune depuis le 13 Juillet 1789.

MESSIEURS,

VOUS voyez avec quel empressement nos Chevaliers & Confreres de Saint-

Sébaſtien de l'Arc viennent faire le ſacrifice de leurs anciennes prérogatives de premiere Milice Françoiſe, en ſe rangeant ſous les étendards de la liberté & de l'union pour la défenſe générale de la Nation, avec laquelle toute Corporation militaire bourgeoiſe va s'empreſſer de ſe fondre ; déjà les précieux avantages qui doivent réſulter de cette union deviennent les nôtres. Cette faveur eſt l'ouvrage de l'Aſſemblée Nationale, dont vous avez tantôt ſecondé les opérations, & tantôt prévenu le travail par pluſieurs reglémens proviſoires : recevez donc l'hommage que nous vous en rendons, Meſſieurs, dans ce moment où tous nos Chevaliers participent à la gloire d'être unis de cœur, d'eſprit, d'uniforme & d'amitié à ces Héros immortels par qui nous ſommes devenus libres, & avec qui nous pourrons, à l'ombre de leurs lauriers, goûter les douceurs d'une paix inaltérable. Puiſſions-nous voir tous les habitans de l'univers nous imiter! puiſſent-ils ſe montrer toujours nos amis & nos freres ; en un mot, une même cité de concitoyens ! tel fut toujours le vœu ſecret de la grande lumiere ; le premier ordre de choſes ſur l'humanité ſeroit accompli, la terre ne feroit plus qu'un Peuple de freres par ſa ſageſſe.

Et vous, jeune Héros, coopérateur du célebre Waſington chez les Anglo-Américains ; vous, ſage la Fayette, heureux Reſtaurateur de la liberté françoiſe & généreux Chef d'un Peuple qui eſt redevenu lui-même un Héros en ſecouant les chaînes du deſpotiſme, choiſiſſant & approuvant ſes Rois comme dans ſa naiſſante origine ; vous nous devez, vertueux la Fayette, de couronner votre ouvrage, en demeurant fermement attaché au patriotiſme que vous avez embraſſé ; montrez-vous plus ferme dans vos principes que ne le fut l'Orateur Romain : n'allez pas comme lui quitter le parti de Pompée pour embraſſer celui de Céſar, ſelon que l'un ou l'autre s'affoibliroit ou ſe fortifieroit. En ſongeant que les décrets des Dieux ſont inconnus aux hommes, pensez, jeune Héros, que les Princes ont toujours profité de la trahison, en se défiant, en abhorrant, en sacrifiant souvent les traîtres qu'ils avoient su pratiquer pour les détacher du devoir de se conserver toujours bons citoyens. C'est ainsi que l'on a vu la honte s'attacher aux pas du Héros des Cévennes en arrivant à la Cour de Versailles. Souvent la mort, & plus encore que la mort, le mépris formel est l'unique partage de celui qui abandonne la défense d'une Patrie qu'il peut servir encore, & qu'il trahit lâchement. Tant de prodiges arrivés dans la Révolution Françoise, du mois de Juillet dernier, & qui la rendent aussi mémorable à toute la terre qu'incroyable pour nos arriere-petits-neveux, ont bien fait voir à tous les Souverains de l'Europe que la cause des Peuples opprimés est la cause même du grand Auteur de l'Univers, qui est Dieu. Quelle cause est donc plus belle? ou en est-il une autre qui soit plus digne de flatter un grand courage; en un mot, un la Fayette? Nous verrons ce Héros persévérer dans la vertu patriotique dont il tire déjà tant de gloire. L'Univers, qui a les yeux attachés sur lui, le verra vivre & mourir au champ glorieux du civisme : que dis-je, Messieurs, il se survivra à lui-même par sa fidélité à défendre les droits sacrés & toujours imprescriptibles du Peuple, la Patrie, la Loi de la régénération françoise & le Roi que la Nation s'est confirmé pour son Souverain dans l'espoir qu'il sera continuellement bon, qu'il aimera le Peuple François comme il en est aimé lui-même.

AUTRE DISCOURS

Du même Aumônier, à M. le Doyen du Chapitre de Notre-Dame, en lui remettant le Drapeau.

MONSIEUR,

C'EST aux pieds des autels, c'est dans le temple du Dieu des armées que nous venons dépoſer ce Drapeau déſormais inutile pour un Peuple qui ne veut plus combattre ſes ennemis que l'olivier à la main : Miniſtre du Dieu très-haut, ſoyez-en le fidele dépoſitaire, rendez-nous le ciel propice ; & qu'à la faveur de vos prieres & de vos vertus, il daigne exaucer les vœux que nous formons pour que le regne de la liberté, de l'égalité, de la juſtice & de la paix puiſſe durer autant que le monde.

FIN.

De l'Impr. de VALLEYRE jeune, rue S. Jacques, N° 240.

www.ingramcontent.com/pod-product-compliance
Ingram Content Group UK Ltd.
Pitfield, Milton Keynes, MK11 3LW, UK
UKHW020553230726
13925UKWH00006B/2575